Oidhche Mhath, Sam

Amy Hest   Dealbhan Anita Jeram

A-muigh 's e oidhche dhorch fhiadhaich a bh' ann.

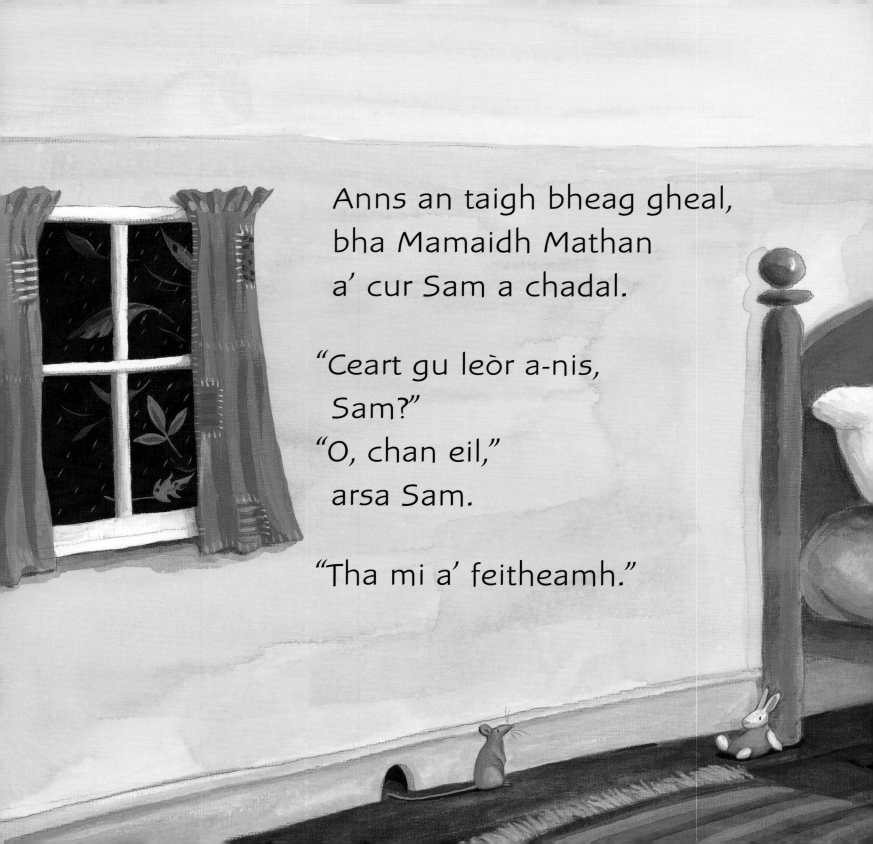

Anns an taigh bheag gheal,
bha Mamaidh Mathan
a' cur Sam a chadal.

"Ceart gu leòr a-nis,
Sam?"
"O, chan eil,"
arsa Sam.

"Tha mi a' feitheamh."

Shuidh Mamaidh Mathan
air an leabaidh ri taobh
Sam agus leugh iad an
leabhar a b' fheàrr leis.
Bha fios aca air na facail
gu lèir.

An uair sin tharraing Mamaidh Mathan aon taobh dhen phlaide suas fo smiogaid Sam.

'S ann dearg a bha a' phlaide.
Tharraing i an taobh eile cuideachd, ga cur a-steach fo a chasan mar nead.
A-muigh bha a' ghaoth a' sèideadh.

U-ù-ù-ù. U-ù-ù-ù.

"Ceart gu leòr a-nis, Sam?"

"O, chan eil," arsa Sam.
"Tha mi a' feitheamh."

Bha a charaidean beaga ri thaobh fon phlaide agus iad uile glè chofhurtail. A-muigh bha 'n dìle bhàtht' ann.

Splais! air mullach an taighe. Splais! Splais! air na h-uinneagan. Shèid a' ghaoth.

U-ù-ù-ù. U-ù-ù-ù.

"Ceart gu leòr a-nis, Sam?"

"O, chan eil," arsa Sam. "Tha mi a' feitheamh."

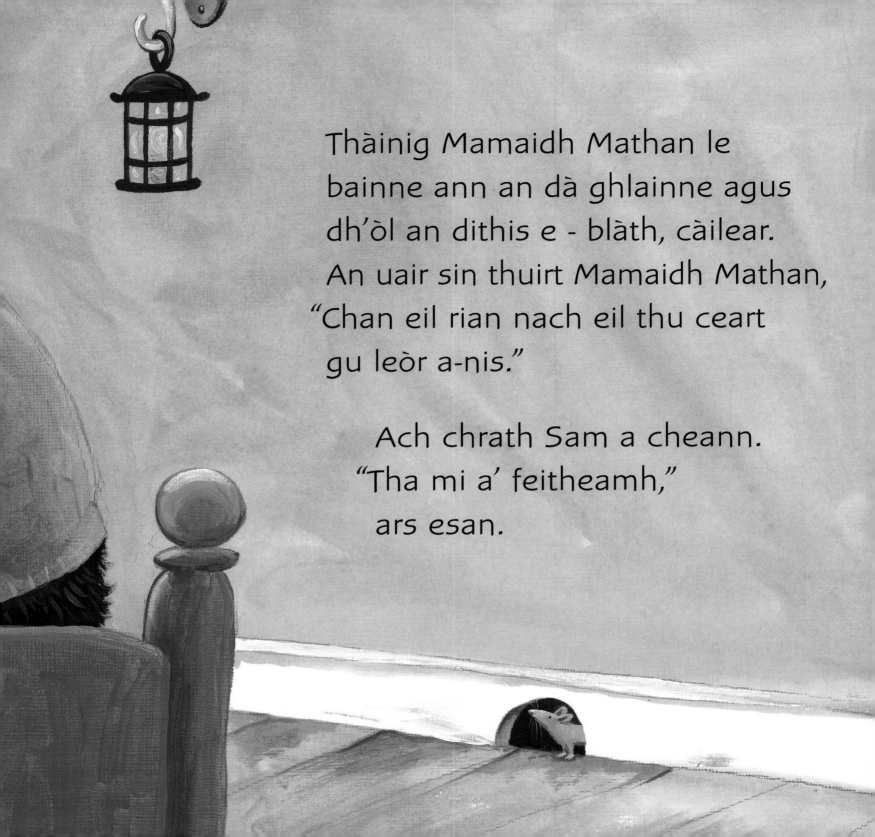

Thàinig Mamaidh Mathan le
bainne ann an dà ghlainne agus
dh'òl an dithis e - blàth, càilear.
An uair sin thuirt Mamaidh Mathan,
"Chan eil rian nach eil thu ceart
gu leòr a-nis."

Ach chrath Sam a cheann.
"Tha mi a' feitheamh,"
ars esan.

"M-m-m-m," arsa Mamaidh Mathan,
"fuirich gus am faic mise ...
Tha sinn air leabhar a leughadh,
air nead a dhèanamh, air do
charaidean a shocrachadh
agus air bainne blàth òl.
Sam," ars ise,
"Bheil dad eil' agam
ri dhèanamh?"

"'S math tha fios agaibh,"
arsa Sam.

"M-m-m," arsa Mamaidh Mathan,
"leabhar ... plaide...
caraidean ... bainne.

Leabhar ... plaide ...
caraidean ... bainne. "

Bha Sam a' feitheamh.
Bha e a' feitheamh
's a' feitheamh.

Agus mu dheireadh,
  thuirt Mamaidh Mathan,
"O, tha fios agam!
  Pòg mus caidil thu."

Agus chrùb i sìos
  a' toirt aon phòg,
  dà phòg
  agus dà phòg eile
  dha Sam.

"Pòg eile!"
arsa Sam.

Agus chrùb i sìos a-rithist
a' toirt aon phòg,
dà phòg
agus dà phòg eile
dha Sam.

A-muigh, shèid a' ghaoth

agus bha 'n dìle bhàtht' ann.

Anns an taigh bheag gheal,
chuir Mamaidh Mathan às an solas,
agus i ag ràdh fo h-anail,
"Caidil a-nis, Sam ...

caidil a-nis ... "

Agus thuit Sam na chadal, anns an taigh bheag gheal aca fhèin, air oidhche dhorch fhiadhaich.

Bha e air a dhòigh, glan.

Dha Sam, agus tha fios agad carson ~ A.H.

Dha Kitty ~ A.J.

A' chiad fhoillseachadh an 2001 le Walker Books Ltd
87 Vauxhall Walk, Lunnainn SE11 5HJ

2 4 6 8 10 9 7 5 3 1
An teacsa © 2001 Amy Hest
Dealbhan © 2001 Anita Jeram

A' Ghàidhlig le Acair
An teacsa Gàidhlig © 2001 Acair
Clò-bhuailte san Eadailt

Data Catalogadh ann am Foillseachadh an Leabharlann Bhreatainn:
gheibhear clàr-catalogaidh airson an leabhair seo bho Leabharlann Bhreatainn

Chuidich Comhairle nan Leabhraichean am foillsichear le cosgaisean an leabhair seo.

LAGE/ISBN 0 86152 711 9